Yann LERAY

Des ténèbres
à la Lumière

La sagesse Hermétique
contée à une âme d'enfant

Un conte initiatique

« L'art de la transmutation est un travail de femme et un jeu d'enfant... »

- Pensée alchimique -

Couverture : Heinrich von Füger,
Création de l'homme par Prométhée
1790 - Musé du Liechtenstein

CHAPITRE I

Il était une fois...

Il était une fois, un homme qui n'avait connu dans sa vie que luttes, combats et acharnements. Son existence dure et impitoyable ne lui avait pas fait baisser les bras, car se battre constituait sa seconde nature.

Déjà tout jeune, point de tendresses familiales ou d'attentions rassurantes. Non ! Le jeune homme ne trouvait pas sa place et n'existait qu'à la force de sa volonté.

L'âge venu, il embrassa donc tout naturellement un métier martial où il se donna corps et âme.

Au midi de sa vie, il fut remercié pour ses services rendus. Seul, bardé de ses distinctions acquises au champ d'honneur, le vétéran découvrit un monde qui lui semblait si étranger, si loin de lui.

Il fit face et comme à son habitude, releva cette épreuve comme un défi, et se promit de le remporter, une fois encore !

Mais, au cours de ces années d'homme d'armes, il avait rencontré trop souvent le côté le plus obscur de la nature humaine. Lui-même, le guerrier, s'était créé des masques pour ne pas sombrer dans la noirceur la plus profonde, protections illusoires, qui revenaient à panser une plaie non soignée, étant alors la seule solution inconsciente à sa disposition.

Ses rêves, devenus cauchemars, invalidaient en lui tout espoir en l'homme. Nulle foi en laquelle s'accrocher. La colère grondait tel un ouragan.

Ayant perdu tous ses repères, cette vie insipide et vide de sens lui parut un obstacle infranchissable.

Il s'était si souvent dit qu'il aurait droit au bonheur une fois la vie normale retrouvée, mais cet espoir semblait s'écarter définitivement de lui.

Les ténèbres se refermant, la cité était devenue les barreaux de sa prison.

Sa descente aux enfers continua jusqu'à ce qu'il eut l'impression de toucher le fond, là d'où il lui revenait de prendre une décision :

Abandonner ou se relever.

La force de sa volonté en sommeil lui susurra de repartir… Oui, mais comment ? De quelle manière ? Puisque toute sa vie n'avait été que combat et qu'il gisait à terre à son tour.

Mais, quelque part, n'est-ce pas dans l'ordre des choses ?...

Pourtant il doit bien exister un moyen ! Une autre voie …

L'homme aux abois se surprit à prier, reprochant à l'univers entier ses malheurs. Oh ! Non pas qu'il était croyant ! Mais au pire, cela ne pouvait pas lui faire de mal, et lui permettrait peut-être de se libérer du tumulte qui l'habitait et d'enfin échafauder un nouveau plan de bataille.

Il sentait désormais que venait le plus grand combat de sa vie, seul face à lui-même, face à son propre miroir, celui qui ne triche pas.

Mais comment fait-on pour se combattre soi-même ? On ne peut résoudre ce conflit par des armes ordinaires.

Alors il se mit en quêtes d'artéfacts, histoire de tuer ses propres démons !

Sa soif d'une victoire prochaine l'amena à rencontrer des personnes dites sages, mais en lesquelles il ne pouvait donner sa confiance. Il étudia philosophies et sciences humaines… Mais toujours en vain, plus il y pensait et s'acharnait, plus tout lui semblait sans espoir ! Son horizon rétrécissait.

Un jour où toutes les portes lui paraissaient fermées, il perçut l'angoissante solitude née de sa lutte acharnée qui avait fait fuir tous ses proches, y compris ses frères d'armes, les seuls qui auraient pu encore le comprendre !

Nostalgique de la cohésion d'une équipe qui permettait de réaliser de grands exploits sur un champ de bataille, le guerrier déchu conclut qu'il avait besoin d'aide.

Oui, mais qui ? Qui pouvait l'entendre et l'aider ?

Alors, genou à terre, le jeune pénitent pria de nouveau, non pas dans des formes accoutumées, mais pour lui-même, car cela lui semblait nécessaire afin d'y voir plus clair.

Il formula ainsi son souhait en ces mots :

« Faites que ma vie change et que je rencontre la personne qui détienne la clé de mon destin ! »

Il le souhaita vraiment, du fond de son être… Car cela était vrai et sans nul doute… Son cœur exultait toute sa foi.

CHAPITRE II

La quête

Le réveil fut douloureux, comme une de ces nuits de débauche où l'alcool coule à flots, pour effacer les images d'un passé trop grand pour un seul homme… Mais là, il y avait quelque chose de différent.

Revenant péniblement à lui, son esprit commença à percevoir ce qui l'entourait… Ce n'était pas un lieu familier, mais cependant connu ; il se rendit compte qu'il se trouvait allongé dans une salle de soins !

Au travers des brumes de la douleur, il chercha à rassembler ses souvenirs si épars. Mais peine perdue !

Enfin quelqu'un s'approcha de son chevet, et lui dit à plusieurs reprises : « Vivant, vous êtes vivant ! »

Il se dit que là était peut-être l'essentiel, et il s'abandonna à un sommeil réparateur.

Il se mit à rêver de ces heures qui avaient précédé son réveil. Non pas dans ce corps meurtri, mais tel un esprit au-dessus de toute matière, observateur de lui-même. Forme éthérée libre de voyager au sein de l'espace et de l'univers. Plus de corps, plus de douleurs, plus de peurs, plus de doutes… Il était là, délivré et en pleine conscience de lui-même.

A ce moment-là, il perçut une lumière intense, d'une puissance surpassant toutes choses, sans pour autant éblouir.

Emporté par ce flot luminescent, il savait que c'était là son chemin, lente dissolution de l'égo. Alors, il ressentit une plénitude extraordinaire, totale, absolue…

Il sut que cela était ce qui est.

Ce n'était pas un rêve, mais bien les souvenirs d'un instant où il n'était ni mort, ni vivant…

Durant sa convalescence, il prit connaissance de l'accident qui aurait dû lui être fatal sans l'intervention d'une personne providentielle et rempli de gratitude, il se promit de la retrouver.

Cette période fut aussi pour lui l'occasion d'entreprendre une profonde réflexion. Tous ces évènements lui avaient révélé qu'il devait comprendre le sens caché de cette parenthèse à la vie et que c'était important.

Ses facultés retrouvées, il déploya énormément de temps et d'énergie pour retrouver son sauveur… Mais en vain.

Alors, en pensée, le survivant remercia sincèrement et du fond du cœur cet inconnu et se jura de faire quelque chose de bien dans cette nouvelle vie, cette deuxième chance qui lui était donnée.

Cette expérience au-delà du voile des apparences et de la forme avait libéré des potentiels en lui ; alors prenant son bâton de pèlerin, il se mit en quête. L'objectif de cette recherche était encore flou à ses yeux, mais devenait le sens même de sa vie.

Ses certitudes ayant volé en éclat avec cette prise de conscience soudaine et brutale, lui fit percevoir l'existence d'une vérité cachée, qui est en toute chose et qui ne se dévoile que par un long travail pour en dégager la forme et en trouver le sens. La Sofia comme disaient les anciens.

Dans un premier temps, il fréquenta des religieux, mais rapidement le cherchant enthousiaste trouva insuffisantes leurs réponses toutes faites et si dogmatiques, surement valables pour guider la plupart mais plus dans son cas.

Sa quête se poursuivant, il entreprit d'étudier par lui-même un grand nombre d'écrits dans lesquels il devinait un message caché… Mais lequel ?

Malheureusement cela revenait à chercher une aiguille dans une botte de foin.

Progressivement, l'homme mûr prit conscience qu'il devait procéder par étape.

Pour commencer il devait faire de la place en lui-même, vider sa coupe, se purifier de toutes pensées teintées de certitudes, de passions et de préjugés.

Il essaya différentes formes de méditations, mais en tant qu'homme d'action, cette immobilité du corps lui était difficile, et son esprit fusait en tous sens, ce qui finit de le convaincre qu'il devait trouver sa voie, sa méthode, et arrêta de rechercher à l'extérieur ce qui ne pouvait s'y trouver.

CHAPITRE III

La rencontre

Un soir où son agitation intérieure semblait lui laisser un peu de répit, l'homme bien plus humble qu'il était devenu, s'écarta des turbulences de la vie et se rendit dans un endroit paisible où seule la beauté de la nature se révèle entièrement à celui qui sait prendre le temps pour l'observer.

Assis sur un rocher, il contempla en cette fin d'après-midi les rayons du soleil qui semblaient jouer avec les ombres et faisaient resplendir les couleurs miroitantes de la nature.

Soudain, il se rendit compte qu'il n'était pas seul ! Une bouffée de rage lui monta à la gorge. Ne pouvait-il jamais être tranquille ?

Il reprit le contrôle de ses émotions grâce à une méthode de profondes respirations qu'il avait apprises au fil de ses nombreuses lectures. Peu lui en fallut pour sentir s'écouler loin de lui ce trop-plein d'énergie négative qui n'avait pas sa place en un tel lieu ni en un tel moment.

Apaisé, il regarda avec une intention bienveillante et avec plus d'attention ce personnage immobile, semblant ne pas faire résistance à la lumière, tellement il était en harmonie avec les éléments qui l'entouraient.

Celui-ci semblait à la fois vieux et plein de vigueur comme si un feu secret l'animait.

L'homme bougea lentement avec des gestes fluides, et se tourna dans sa direction. On ne pouvait distinguer son visage, couvert par une capuche, mais derrière se devinaient des yeux perçants qui pouvaient lire en lui comme dans un livre ouvert.

A cet instant, il fut comme frappé en pleine poitrine par l'évidence que ce personnage n'était pas là par hasard, mais qu'il incarnait un maillon essentiel dans sa vie.

Il se leva et s'approcha de cet être à l'apparence diaphane. Celui-ci sans dire un mot l'invita à s'asseoir à ses côtés. Ensemble, enveloppés dans un silence serein, ils contemplèrent les ultimes lueurs du jour qui semblaient s'imprégner en lui comme si c'étaient les dernières.

Après un long moment hors de l'espace et du temps, ils se levèrent et se mirent à marcher.

L'homme rompit le silence et dit :

« Quand l'élève est prêt, le Maître apparaît. Je ne peux t'enseigner ce que tu sais déjà, je peux juste t'aider à rassembler ce qui est épars. »

Sans dire un mot de plus, ils cheminèrent une bonne partie de la nuit au clair de lune et s'endormirent tout naturellement dans les bras de mère nature.

Aux premières lueurs du jour naissant, l'ancien combattant ouvrit les yeux et eut un regard neuf sur ce qui l'entourait. Tout lui semblait plus beau, plus vrai, comme si toutes ces manifestations illustraient un présent.

Sans le chercher du regard, il ressentait que le Maître était là, immobile, lui diffusant une sensation rassurante qu'il n'avait jamais connue.

CHAPITRE IV

Les sept passages

Après un déjeuner frugal fait d'une grappe de raisins récoltée sur le bord du chemin et d'une eau limpide et fraiche, le Maître prit la parole :

« Pour entrer dans la connaissance, il te faudra passer par sept épreuves, sept passages. Chacun sera mortel pour une partie de toi, de celle qui paraît, de celle qui est corruptible. Ce qui te permettra de lever un à un les voiles dissimulant ta vraie nature.

Ainsi la vraie question à te poser :

Qu'es-tu prêt à perdre ?

Es-tu prêt à être mon disciple, et à me faire confiance d'une manière absolue ?

Ta réponse, tu dois la faire librement et en pleine conscience, car il n'existe nul chemin de retour.

Tu me la donneras quand la lumière du jour sera à son zénith.

D'ici là contemple et médite... »

Devant le Maître se trouvait à terre un crâne humain.

Le guerrier s'assit et regarda les orbites vides qui semblaient le fixer en lui disant : le changement, c'est ici et maintenant !

Quand l'ombre fut la plus courte, il s'adressa au Maître d'un seul souffle :
« Oui, je le veux ! »

Tout son corps vibrait, l'émotion était à son comble.

Le Maître lui demanda :
« As-tu un dernier mot pour ta vie d'avant qui est sur le point de disparaitre ? Car le vieil homme doit mourir. »

Il répondit :
« Je n'ai nul regret, ce que je suis aujourd'hui résulte de la somme de mon existence, en bien comme en mal, comme guidé pour cet instant providentiel. Et c'est là ma décision, car elle est juste et parfaite. »

Ils se levèrent et prirent le chemin.

Subjugué par la présence du Maître et l'émotion de l'engagement qu'il venait de prendre, il perdit progressivement toute notion d'orientation sur ce dédale sinueux, labyrinthe de son âme.

Arrivés devant une vieille bâtisse faite de pierres de tailles, toutes différentes, mais qui pourtant semblaient s'unir parfaitement, ils franchirent tous deux une porte étroite.

A cet instant, le Maître lui annonça :
« Pour chaque épreuve, il te faudra rapporter une clé qui est scellée dans une boite d'ivoire.

Rappelle-toi qu'ici tout est symbole.
Le veux-tu ? »

« Oui, Maître ! »

CHAPITRE V

La porte de Lune

La nuit régnait, un croissant de lune brillait dans le ciel et seuls les contours se dessinaient telles des ombres dansantes, invitant à l 'imaginaire. Il s'allongea et le sommeil l'envahit.

Soudain la voie du Maître retentit :

« Pour cette première épreuve, il te faudra traverser cette rivière, équipé de ces chaussures. »

Le guerrier vit devant lui la statue d'une vierge noire tenant dans une de ses mains une paire de chaussure faite d'un cuir solide et de semelles épaisses réalisées avec un métal sombre et terne et dans l'autre un globe crucifère.

Il les chaussa, et se rendit compte combien il était difficile de se mouvoir, et que chaque pas était maladroit. Il maugréa et en voulut à ces semelles si lourdes.

Relevant la tête, il fut pris de stupeur. Il lui sembla percevoir une rivière d'une grande largeur aux flots tumultueux, aux reflets violets que la faible lueur lunaire ne pouvait traverser, et qui lui barrait le chemin.

Il se dit qu'ainsi alourdi, il allait surement s'y noyer, sans parler des dangers imperceptibles que pouvaient receler ces eaux noires !

Tout son être rejetait cette éventualité, son esprit se débattait, la peur l'envahit.

Mais au fond de sa tête résonnait la phrase du Maître « Ici tout est symbole ! ». Et lui le guerrier, il ne pouvait échouer à la première épreuve !

Lentement il avança, fit un premier pas dans l'eau, puis un autre, et un autre encore. Il réalisa que le poids de ses chaussures se faisait moins sentir, et lui permettait de mieux se maintenir dans le courant puissant.

Mais au fur et à mesure qu'il s'engageait, le niveau des eaux montait le long de son corps. Quand seule sa tête surnagea, il ne put faire un pas de plus. La peur le paralysait.

Il reprit son souffle et considéra son environnement. Il plongea sa tête dans les eaux froides et tumultueuses, et perçut des rochers qui saillaient du fond de la rivière tels des ombres.

Alors il décida d'avancer, lentement, puis plus rapidement, s'assurant que chacun de ses pas était bien à sa place.

Arrivé au milieu de la rivière, le courant était si fort et les remous si nombreux qu'il ne pouvait plus distinguer son chemin. De nouveau il s'immobilisa, pétrifié par l'obscurité de ce chaos qui semblait vouloir l'absorber.

Comment allait-il faire pour continuer ?

Soudain, son attention fut attirée par une forme qui arrivait balloté par les flots. Il réalisa que c'était un nouveau-né emmailloté dans un panier d'osier. Ne pensant plus pour lui-même il se porta à la rencontre de l'enfant et s'en saisit.

Il lui fut très difficile de se maintenir et bénit ses chaussures qui le stabilisaient et lui permettaient de faire face aux éléments.

Ne se posant plus la question du comment, il avança, et un pas après l'autre, franchit la rivière.

Sorti des flots, il posa l'enfant à terre et se retourna. La rivière avait disparu, et de nouveau il faisait face au Maître illuminé par la lune.

Celui-ci lui demanda : « As-tu la clé ? »

Quelle clé se demanda-t-il ? Je n'ai vu aucune clé !

Puis il se remémora ce qu'il venait de vivre, considéra chaque instant, se redressa et répondit : « Oui, Maître ! »

« Cette rivière représente la vie, avec ses tumultes.

Ces chaussures m'ont apporté la sagesse de choisir chacun de mes pas pour éviter d'être emporté et rester maître de ma progression. Au début je les voyais comme une gêne ; cependant, au fur et à mesure que j'en ai compris l'utilité, je les ai remerciées pour leur aide et le chemin n'en fut que plus facile. Donc ces chaussures représentent les aléas de la vie, épreuves qu'il nous appartient de purifier pour devenir l'étoile qui guide notre parcours.

La peur était mon ennemie et seul le nourrisson sans défense a libéré en moi une des vertus les plus nobles, un élan qui me permit de la dépasser.

Comme la rivière, quand je me retournai, l'enfant avait disparu car appartenant à mon passé.

Enfin, la clé scellée dans une boite d'ivoire est ce que j'ai rapportée, donc portée en moi, véritable verbe créateur qui délivre ce message :

Ainsi, Maître, tout ce que je perçois en moi ou à l'extérieur de moi est mental, donc tout est une question de choix afin d'en faire le bon. Mais par-delà, je pressens quelque chose de bien plus grand que moi et même que tout ce qui m'entoure ! A la fois subtil tel un voile, et rassurant tel le regard d'une mère. »

Un silence se fit…

Le Maître, dont il ne pouvait toujours pas voir le visage, sembla sourire et dit :

« Tel est l'enseignement de la Lune. Sous son éclairage, les formes ne sont qu'apparences, qu'illusions mais l'intuition peut s'y développer. En dépassant la peur, l'esprit s'ouvre et la spiritualité peut y prendre racine. Ainsi se dévoile :

Que Tout est Esprit et que l'Univers est Mental ! »

Derrière le Maître, les rayons lunaires vinrent dessiner une porte mystérieuse en argent, décorée d'étoiles à neuf branches et d'améthystes. Un croissant de lune y était apposé.

Une marche y menait.

Le Maître lui dit avec force :
« Suivez-moi en confiance, impétrant, attention la porte est basse ! ».

Sur ces mots, la porte s'ouvrit ; le Maître y disparut et à sa suite, d'un pas hésitant, le néophyte la franchit.

CHAPITRE VI

La porte de Mercure

Dans une salle aux contours mal définis où ils se trouvaient, se dressait en son sein une grande coupe remplie de mercure sertie de spinelles dont se dégageait une odeur d'une grande amertume.

Le Maître lui transmit : « Il te faut la remplir d'une eau limpide et pure ! Telle est ta deuxième épreuve. Mais pour cela tu ne devras utiliser aucun ustensile. »

S'approchant alors de la coupe, le disciple y plongea ses mains pour se saisir d'un maximum de ce vif argent afin de la vider. Mais il ne réussit pas à capturer ce fluide qui glissait inexorablement entre ses doigts et ne put en sortir une seule goutte.

Là, le combattant qui teintait encore son esprit, se dit qu'il faisait face à une épreuve impossible à réaliser. Comment vider cette coupe ? Comment rapporter une eau limpide et pure ? Et tant d'autres questions qui lui semblaient sans réponses.

Perdu dans ses réflexions, il se souvint tout à coup que durant son trajet vers cette bâtisse, il avait entraperçu une montagne dont les sommets enneigés lui permettraient sûrement d'accéder à une eau non-souillée.

En tant qu'homme d'action, sans plus attendre, il s'élança sur le chemin. Mais ces dernières années de laisser-aller et d'alcool avaient apposé leurs marques toxiques dans son corps si athlétique autrefois. La montée raide et ardue l'obligeait à faire de nombreuses pauses car il s'essoufflait rapidement. Malgré sa ténacité, il avait l'impression de se confronter à un mur inexpugnable, mettant son espoir à rude épreuve. Et pourtant, et malgré tout, sa détermination lui donnait la force d'avancer pas après pas.

Arrivé au faîte de la montagne, il y trouva une neige magnifique d'un blanc immaculé qu'il amalgama sous forme de boule avant d'entreprendre son retour.

Au fur et à mesure de sa descente, la température remontait et la boule fondait ; l'aventurier des hauteurs pressa alors le pas au maximum de ses capacités. Somme toute bien insuffisantes, car une fois arrivé à la coupe, il ne lui restait plus que quelques gouttes.

Le moral au plus bas, ce fut un homme vouté et épuisé qui versa le bien faible trésor encore au creux de ses mains.

Il leva les yeux et son cœur se serra ! Le mercure avait perdu très subtilement de son opacité…

Rempli d'une foi nouvelle, et sans même reprendre son souffle, il repartit.

A travers ses multiples voyages, descentes et remontées, tel le bouilleur de cru spiritualisant sa matière en la rendant plus subtile tel un aigle, ses foulées se faisaient plus assurées et rapides, ses pauses moins nombreuses, son corps reprenait force et vigueur en même temps que ses doutes s'effaçaient, car à chaque trajet, il pouvait en rapporter davantage et ce métal liquide qui ne mouille pas gagnait en transparence.

Après un temps infini, mais qui n'avait pas d'importance à ses yeux, une eau limpide et pure remplissait enfin la coupe. Se tenant fier et alerte à ses côtés, le corps à l'image de cette eau nouvelle, il s'adressa au Maître :

« Maître, tel est mon œuvre. Arrêtant de me plaindre sur ma condition, j'ai distillé mes pensées en allant chercher si haut la pureté, que mon corps s'est transformé et que mon âme s'est teintée d'un espoir sans limite ! »

« Tel est l'enseignement de Mercure », répondit le Maître.

« L'énergie n'existe que par la différence des potentiels qui la constitue, cette énergie circule et doit circuler. Comme pour celui qui arrête de n'écouter que lui-même, il apprend à communiquer avec l'autre ; ainsi libéré et plus volatile, tous les sommets lui deviennent accessibles :

Car, ce qui est en haut est comme ce qui est en bas, et ce qui est en bas est comme ce qui est en haut ! »

Alors que la phrase résonnait encore, une porte étincelante aux lumières changeantes de couleur orange se matérialisa, laissant deviner le sceau de Mercure, marque d'Hermès, messager des Dieux, ainsi qu'un double carré.

Deux marches y menaient.

A la suite du Maître, lui le cherchant, il la franchit.

CHAPITRE VII

La porte de Vénus

Entouré de murs solides et ce qui semblait être des râteliers d'armes, il se crut à cette vision dans une salle de garde.

Le Maître lui fit face et déclara :

« Pour la troisième épreuve, il te faudra forger une épée. Mais pas n'importe laquelle, une épée qui chante ! »

A l'extérieur du bâtiment, existait une forge qui n'avait pas servi depuis très longtemps. Il s'y dirigea d'un pas assuré, rassembla du bois en quantité suffisante et entreprit de rallumer le foyer.

Une fois cette première opération accomplie, il chercha les outils du forgeron, qu'il trouva bien rangés sous une épaisse couche de poussière. Lui manquait la matière première des forgerons, le minerai de fer, mais n'en découvrit pas. Seul était disponible du cuivre aux beaux reflets verts qu'il accueillit avec grâce car finalement complémentaire à sa nature martiale.

Mais voilà, il n'était pas maître forgeron et n'avait jamais utilisé de tels outils.

Alors il s'appliqua, utilisant toutes ses parcelles de savoir sur cet art et toutes les techniques qu'il pouvait concevoir pour parfaire sa coulée et la rendre la plus pure possible.

Cela lui prit un certain temps pour adapter ses concepts à la dure réalité du labeur.

Mais le cœur vaillant, sa première épée prit forme dans la lingotière.

Une fois refroidie suffisamment pour s'en saisir, il prit un temps et l'admira.
Quelle belle réalisation ! Il pouvait être fier de lui, surtout pour une première fois !
S'en saisissant, il la posa sur l'enclume, y assena un coup violent de masse afin de lui donner le profil nécessaire à son usage. Mais il fut frappé de stupeur quand l'épée explosa en mille morceaux !

L'abattement l'envahit... Il était fatigué, découragé... Il avait mis tellement de cœur, mais il n'arrivait à rien !

Après de nombreux jours à regarder son échec, il finit par reprendre du minerai de cuivre qu'il lava à la rosée et y adjoint des braises incandescentes. « C'est du charbon que nait le diamant, donc ma lame n'en sera que plus solide ! » se persuada-t-il.
Une fois coulée, il put la travailler et la façonner. Elle subissait les assauts du marteau sans se détruire et prenait forme.

Quand le jeune forgeron la dressa au-dessus de lui, elle resplendissait de beauté, brillante aux reflets rosés. Il s'émerveilla et la contempla longuement. Sa tâche semblant être finie, il exulta de joie !

Avant de retrouver le Maître, il fit une pause. « Oui, mais elle doit chanter ? »

Alors il revint à la forge et l'abattit contre l'enclume… Néanmoins, seul un son vulgaire résonna !

Là encore ses émotions prirent le dessus et le figèrent.

Recouvrant ardeur et courage, il accepta cette expérience et se dit à lui-même :

« Bien ! La première n'est pas parfaite, alors, reprenons l'ouvrage. »

Les jours et les nuits se succédèrent, de nombreuses épées furent forgées, de plus en plus belles et abouties, mais aucune ne chantait.

Son travail routinier, chacun de ses gestes répétés, devenaient force d'habitudes. Petit à petit il se rendait maître de son art.

Son esprit libéré de la concentration nécessaire au travail, il se mit à chanter comme pour s'occuper. Il s'inventa des paroles racontant le feu de la forge qui semblait vivant telle la salamandre, venant lécher le métal et lui permettant de fondre. Le marteau valsait et frappait au rythme de sa musique…

Quand enfin une nouvelle épée fut finie, il la jeta parmi les autres.

Alors le miracle s'accomplit ! A peine l'épée avait-elle touché ses consœurs, qu'elle se mit à tinter d'une sublime mélodie qui résonna dans son cœur. Une émeraude était apparue sur la garde !

Il s'en saisit avec joie et allégresse et retourna en courant auprès du Maître.

« Maître, Maître, voilà l'épée qui chante, voilà celle qui est née de mes vibrations, et qui n'est qu'harmonie ! »

Le Maître se saisit de l'épée et la fit chanter. Alors il dit :

« Tel est l'enseignement de Vénus. Celui qui se libère des émotions disproportionnées, il lui est donné de comprendre ce qui l'entoure et de trouver l'harmonie par les arts :

Car rien ne repose, tout remue, tout vibre, tout est vibration ! »

Du sol poussa une fleur de grande taille et de toute splendeur. A son épanouissement, ses pétales laissèrent apparaître une porte finement ciselée de cuivre, dont l'essence qui s'en dégageait faisait ressentir tout l'amour de l'artisan. Subtilement y était apposé le sceau de Vénus.

Trois marches menaient à ce seuil.

Le Maître, juste avant lui, l'invita à le franchir
en lui ordonnant :
« Viens, mon apprenti ! »

CHAPITRE VIII

La porte du Soleil

Une nouvelle pièce s'étendait devant ses yeux où la lumière irradiait de façon plus présente que dans les précédentes.

Le Maître, dont la voix semblait venir de toute part, déclama :
« Non loin d'ici tu trouveras une clairière. Dans ce lieu en pleine lumière se trouve un miroir. Plonge ton regard et découvre ton vrai visage ! »

D'un pas décidé, l'apprenti sortit et chercha. Cela ne lui prit que peu de temps, car il aperçut des citrines à même le sol qui semblaient avoir été semées pour le guider.

Là, au milieu d'une végétation luxuriante d'un vert éclatant, trônait un bassin confectionné entièrement d'or le plus pur, rempli d'une eau miroitante dont la surface reflétait les lumières vives environnantes.

Poussé par la curiosité il s'y hâta, mais à peine s'était-il approché que l'étendue liquide renvoyait des orbes de lumière, images déformées de ce qui l'entourait. Lui-même était l'une de ces formes lumineuses, sans contours distincts et changeant à tout instant.

Empli de colère il s'écria : « Comment pourrais-je découvrir qui je suis vraiment si ce miroir ne peut même pas refléter mon image, il ne m'est d'aucune utilité ! »

Comme répondant à son injonction, le miroir fut traversé d'ondes et toutes les images disparurent. Une petite tempête se déclencha à sa surface.

Pris de peur il se recula vivement.

De nouveau la surface prit de nouvelles formes qui tenaient plus du chaos, enchevêtrements de représentations de son visage déformé et grimaçant.

Il reprit ses esprits, conscient que le miroir s'opposait à sa volonté.
Au fur et à mesure que le calme revenait en lui, la surface du miroir se lissa.

Se détachant de toute prétention, le pénitent se rapprocha de la coupe d'or.

Ce qu'il vit lui plût ; il percevait les traits virils de son visage marqué par les cicatrices du temps qui constituaient sa mémoire. Trouvant son reflet de belle nature, un sourire fier se dessina car il se reconnaissait pleinement.

L'image qu'il contemplait alors correspondait à sa conception de lui-même ; cependant, il savait que ce n'était pas la raison de sa présence.

Alors il abandonna le désir de se voir et s'offrit au miroir qui se teinta d'une mirifique couleur vermillon.

Ce qu'il y découvrit le marqua à jamais : son moi profond, rempli d'une sérénité infinie jusque-là cachée par des masques qui lui donnaient forme et dans lesquels son égo régnait. Cette part de lui-même qui est et qui demeure, attendant patiemment d'être retrouvée, d'un amour et d'un altruisme infinis.

D'un pas léger et serein, il retourna auprès de son Maître et lui adressa ses premières impressions :

« Maître, le miroir m'a montré mes différents visages, illusions donnant forme à mon existence, mais il m'a aussi permis de dévoiler les profondeurs insoupçonnées de mon âme, ce vers quoi tend toute mon existence.

Tout cela ne sont que des reflets, comme si tout oscillait entre deux opposés.
Maintenant je sais que tout est en moi, et qu'il m'appartient de transmuter ces énergies qui m'animent car elles sont de nature identique ! »

« Tel est l'enseignement du Soleil », commenta le Maître.

« Celui qui accepte la part de son égo peut développer son don de soi, et c'est en pleine conscience qu'il peut transmuter ses intentions de pouvoir en foi et de devoir en espoir, car :

Tout est Double ; toute chose possède des pôles.
Tout a deux extrêmes ; semblable et dissemblable ont la même signification ; les pôles opposés ont une nature identique mais des degrés différents ; les extrêmes se touchent ; toutes les vérités ne sont que des demi-vérités ; tous les paradoxes peuvent être conciliés ! »

A ces mots, le soleil illumina la pièce et une porte dorée se manifesta dans toute sa splendeur révélée : le sceau de Salomon y resplendissait.

Quatre marches y menaient.

En pleine conscience, dans les pas du Maître, l'apprenti franchit la porte.

CHAPITRE IX

La Porte de Mars

Ensemble, ils se retrouvèrent dans un large couloir, nul passage derrière eux ; avancer demeurait leur seule possibilité.

Le Maître derrière lui rompit le silence :
« Avance et trouve la voie de ce temps ! »

Alors il s'engagea dans un couloir toujours droit et rectiligne qui semblait ne plus finir.

Dans un premier temps, il perçut un souffle, puis découvrit un immense pendule en fer ouvragé et martelé avec un énorme rubis enchâssé qui barrait le chemin en se balançant sur toute la largeur du corridor.

« Comment passer ? Etant donné la taille et le poids du balancier, une erreur et je serais réduit en bouillie » se dit l'apprenti.

Une fois de plus sourdait en lui une colère réminiscente. Mais ses expériences précédentes lui avaient appris qu'il devait soumettre ses passions !

Alors l'homme, apaisé, s'assit. Immobile et silencieux, il observa.

Le premier phénomène qu'il identifia fut l'oscillation immuable du rythme. Que la durée d'un extrême à un autre était la même.

Il remarqua par la suite que le balancier ne maintenait pas une vitesse constante. En effet, son mouvement était plus rapide en bas, ralentissait en remontant, pour venir mourir en bout de course, avant que renaisse le mouvement.

L'observateur attentif estima que passer cette épreuve devenait possible dans le bref instant où le pendule s'immobilisait, quand plus aucune force ne prenait le dessus, quand il était arrivé à son point d'équilibre.

Se redressant, il prit son temps pour bien calculer le moment décisif et d'une impulsion, il libéra toute son énergie et franchit l'obstacle.

Le Maître le rejoignit d'un mouvement fluide et constant.

L'apprenti accompli s'adressa à son mentor :

« Maître, il faut agir avec circonspection et y investir toute son énergie. Ainsi, il n'existe qu'une voie, celle du milieu, qui est aussi la plus courte. Celle où tout est équilibre et où tout se réalise ! »

Le Maître lui répondit :

« Tel est l'enseignement de Mars. Pareil à l'énergie qui anime, cela permet de trouver la force de construire et d'avancer en ayant dépassé colère et violence, car :

Tout s'écoule, au dedans et au dehors ; toute chose a sa durée ; tout évolue puis dégénère ; le balancement du pendule se manifeste dans tout ; la mesure de son oscillation à droite est semblable à la mesure de son oscillation à gauche ; le rythme est constant. »

Une porte rouge aux allures martiales se matérialisa dans une couronne de flammes. Entièrement ouvragée de fer avec grande industrie, une énergie masculine s'en dégageait. Le sceau de Mars flamboyait au centre d'un pentagramme.

Cinq marches permettaient d'y accéder.
Le Maître dit : « Compagnon, marchons ensemble ». Et ils la franchirent.

CHAPITRE X

La porte de Jupiter

Les deux initiés se retrouvèrent dans une salle aux allures solennelles et aux colonnes immenses dont les sommets disparaissaient dans d'inquiétants nuages.

Là, en plein milieu se tenait une table de jeu au tapis d'un bleu roi.

Après avoir pris place, le Maître posa sur la table deux dés d'étain, où chaque valeur numérique était représentée par de petits saphirs incrustés et annonça d'une voix puissante :

« Avec ces dés, tu dois obtenir un nombre identique sur chaque face supérieure en un seul lancer. Du résultat, ta vie en dépend ! »

Cela sonna comme un coup de tonnerre dans les oreilles du guerrier. La couverture nuageuse se densifia et se fit plus menaçante.

Jusque-là les épreuves avaient été difficiles, mais sans sommation ! Un frisson parcourut tout son corps… Il fulmina contre son Maître !

Longuement, il considéra les dés…

Comment obtenir un résultat similaire ? Cela ne peut être que du hasard ! Les probabilités sont si grandes…

Son intuition première fut de ne pas les jeter. Après tout, si sa vie en dépendait !

Mais plus il repoussait le défi, plus cela devenait une obsession envahissante. Ses pensées étaient tendues vers ces dés, et plus rien d'autre n'était concevable.

Il décida qu'il ne pouvait pas continuer ainsi, car refuser d'agir, c'est s'empêcher de vivre !

Pourquoi ne pas contourner le problème et tricher ? Juste prendre les dés et les poser du bon côté… lui susurra l'ombre de son esprit.

Cette idée lui plut un moment, mais en même temps un puissant sentiment de culpabilité montait en lui, lui donnant envie alternativement d'anéantir toute matière autour de lui ou de disparaître.

« C'est comme ne rien faire » clama le compagnon en pleine tourmente.

« Choisir le faux ne nous permet pas de progresser, car ce sont la peur et la honte qui règnent, prenant le contrôle de tout notre être, excitant le désir de détruire ou de se détruire. »

Prenant la ferme résolution de devenir maître de lui-même, il commença par pardonner au Maître. Puis, rectifiant sa position, il se recentra en lui ; alors le calme se fit, son mental se tut. Il ne faisait désormais plus qu'un avec tout, au dedans comme au dehors.

Lentement, il prit les dés, les jeta sans même les regarder, car au fond de lui il savait, sans aucun doute.

Comme au ralenti, ils roulèrent puis s'arrêtèrent… Et les deux dés affichaient le même résultat ! Il était devenu créateur de son devenir, une foi sans limite le submergeait et l'emplissait de joie.

D'une voix sourde et profonde il s'adressa au Maître :

« Le hasard n'est qu'une illusion pour celui qui refuse de chercher à comprendre. Tout est lien de cause à effet, comme dans la vie ! Je viens de comprendre que pardonner c'est donner la part à chacun : la part intérieure, la part extérieure et celle du Tout !… Ainsi, tout n'est qu'une question de foi, car là est l'essentiel. Rien n'est impossible à celui qui a une foi sans limite où nul doute ne réside ! »

Le Maître reprit solennellement :
« Tel est l'enseignement de Jupiter. Réside en chacun la force de construire ou de détruire. Celui qui a pardonné à son passé et qui a une foi sans borne, puissant il devient, mais attention, il ne doit pas y succomber ! Car :
Toute Cause a son Effet ; tout Effet a sa Cause ; tout arrive conformément à la Loi ; la Chance n'est qu'un nom donné à la Loi méconnue ; il y a de nombreux plans de causalité, mais rien n'échappe à la Loi ! »

Alors que la phrase se perdait dans la voute devenue étoilée, une porte bleue d'une grande puissance jaillit en un éclair. Faite entièrement d'étain aux proportions en tous points pareils, la foudre semblait l'avoir créée et frappée du sceau de Jupiter.

Six marches permettaient d'y accéder.

Le Compagnon se leva, franchit la porte et le Maître le rejoignit.

CHAPITRE XI

La Porte de Saturne

La salle immense à la lumière occulte et diffuse provenant d'un ciel voilé, sombrement décorée de tentures noires comme le jais, s'offrait à leurs regards. En haut de sept marches se tenaient trois trônes d'obsidienne où prenaient place sur chacun une statue titanesque de plomb sortie des éons.

Le Maître, s'approchant, lui tendit une couronne sans âge, et lui dit :
« Il est de ton devoir de désigner celle que tu jugeras digne de la recevoir ! »

Le Compagnon s'en saisit et gravit les marches, dévisageant ces statues qui le surplombaient.

La première, manifestement celle d'un homme solide, un chevalier imposant et à l'allure noble, tendait son regard vers le lointain incitant à le suivre et à avoir confiance en lui.

La deuxième figurait une femme aux traits fins et doux. D'elle émanait la douceur maternelle et la tendresse, son regard bienveillant tourné vers la troisième statue.

Ce dernier trône accueillait un enfant. Tous ses traits exprimaient l'innocence. Son regard et son sourire montraient l'émerveillement en toute chose.

Le Compagnon eut un élan de prime abord vers la statue masculine, car lui le guerrier, il reconnaissait dans ces traits figés l'homme de valeur, le chef.

Mais il retint son geste.

« Que sont les combats d'un homme sans idéaux à défendre ? Sans femme à aimer ? Sans famille à protéger ? Il est seul en quête de l'autre part de son humanité...

Alors il se dirigea vers la femme. Là encore il n'y déposa pas la couronne.

« La femme, seule, ne peut réaliser son don extraordinaire de donner la vie sans être la coupe qui reçoit l'amour d'un homme, la part qui la rend complète en cette terre. »

Sans plus hésiter il couronna la statue juvénile.

« L'enfant, car il est l'accomplissement de l'homme et de la femme. Il est les deux en un. Il est la vie nouvelle née de la différence et de la complémentarité. Il est l'aboutissement et le commencement. Il est la quintessence...»

Le Maître vint à ses côtés, posa la main sur son épaule et lui confia :

« Tel est l'enseignement de Saturne. Il faut réunir ce qui est épars, car au commencement était l'unité, et l'unité s'est fractionnée. Mais les deux principes rassemblés en même proportion sont créateurs. Ainsi :

Il y a un genre en toutes choses ; tout a ses Principes Masculin et Féminin ; le Genre se manifeste sur tous les plans ! »

Derrière le Maître sortit du néant une porte noire constituée entièrement de plomb, d'une allure massive et brute, sans ouvrage ou décoration apparente hormis le sceau de Saturne. Au travers de ce delta irradiait une lueur, comme si cette forme n'était plus que le dernier voile sur la matière.

Sept marches permettaient d'y monter.
Le Maître, resté en arrière, fit signe à son ancien disciple de s'y élever et lui dit : « Maître mon pair, ce chemin vous appartient ! »

CHAPITRE XII

Le guerrier de lumière

Le guerrier des hommes devenu guerrier de Lumière, monta les marches vers la septième porte. Arrivé au seuil ultime, il se retourna et découvrit le visage de celui qui avait été son Guide : il s'y reconnut ! Le nouvel adepte venait enfin de comprendre qu'il avait rencontré son Maître intérieur.

Après cette révélation, il franchit la porte et la Lumière l'enveloppa, le reconnaissant comme l'Elu. Celui qui a vaincu ses dragons et transmuté ses ténèbres en lumière, celui qui a atteint le corps de gloire !

Après un long moment de plénitude retrouvée, il sentit son corps se matérialiser à ses sens. Il ouvrit les yeux et vit la lumière du jour naissant comme il ne l'avait jamais perçu auparavant.

Il était là, étendu sur son lit dans sa petite chambre.

Tout ce qu'il venait de vivre s'était passé en lui. En cette nuit, il avait reçu l'illumination et sa vie ne serait plus jamais la même.

Tel un pèlerin, il avait su effacer un à un les obstacles inhérents à sa nature humaine, autant de voiles qui faisaient résistance à la Lumière, retrouvant ainsi l'Etat Premier de l'Etre qui est celui d'un Amour absolu.

Conscient qu'il devenait par ce fait gardien d'un seuil, détenteur d'une Tradition qui ne lui appartenait pas, son seul devoir maintenant était d'apporter l'espoir à ceux qui l'avaient perdu, mais que le choix appartiendrait à chacun d'éveiller le germe de sa foi.

C'était comme entrouvrir une porte, allumer une bougie dans la vie de ceux qui se sont perdus dans le noir et les laisser choisir de la refermer, d'éteindre la flamme ou d'en réaliser un brasier flamboyant...

Ainsi est l'œuvre d'un guerrier de Lumière.

Car il savait que :

L'Esprit, de même que les métaux et les éléments, peut passer d'un état à un état différent, d'un degré à un autre, d'une condition à une autre, d'un pôle à un autre pôle, d'une vibration à une autre vibration. La Vraie Transmutation Hermétique est un Art Mental.

C'est ce que l'on appelle l'Art Royal !

Ils ne savaient pas que c'était impossible, alors ils l'ont fait.

- Mark Twain - Pensées et aphorismes